ÉPITRE

A SON ALTESSE IMPÉRIALE

LE PRINCE

LOUIS-NAPOLÉON,

SUR SON PASSAGE A ROCHEFORT, LES 11 ET 12 OCTOBRE 1852.

ET

ODE

A SA MAJESTÉ L'EMPEREUR DES FRANÇAIS

NAPOLÉON III,

SUR SON AVÈNEMENT A L'EMPIRE,

DÉDIÉES A

S. M. l'Impératrice des Français,

PAR

THÉOPHILE BARIL,

Auteur de la *Papauté.*

LA ROCHELLE.

IMPRIMERIE-LIBRAIRIE DE O. MICHELIN,

Rue du Palais, 21.

1853.

ÉPITRE

A SON ALTESSE IMPÉRIALE

LE PRINCE LOUIS-NAPOLÉON,

SUR SON PASSAGE A ROCHEFORT, LES 11 ET 12 OCTOBRE 1852.

ET

ODE

A SA MAJESTÉ L'EMPEREUR DES FRANÇAIS

NAPOLÉON III

SUR SON AVÈNEMENT A L'EMPIRE,

DEDIÉES A

S. M. L'IMPÉRATRICE DES FRANÇAIS.

PAR

THÉOPHILE BARIL,

Auteur de la *Papaute*.

LA ROCHELLE,

IMPRIMERIE-LIBRAIRIE DE O. MICHELIN,

Rue du Palais, 21.

1853.

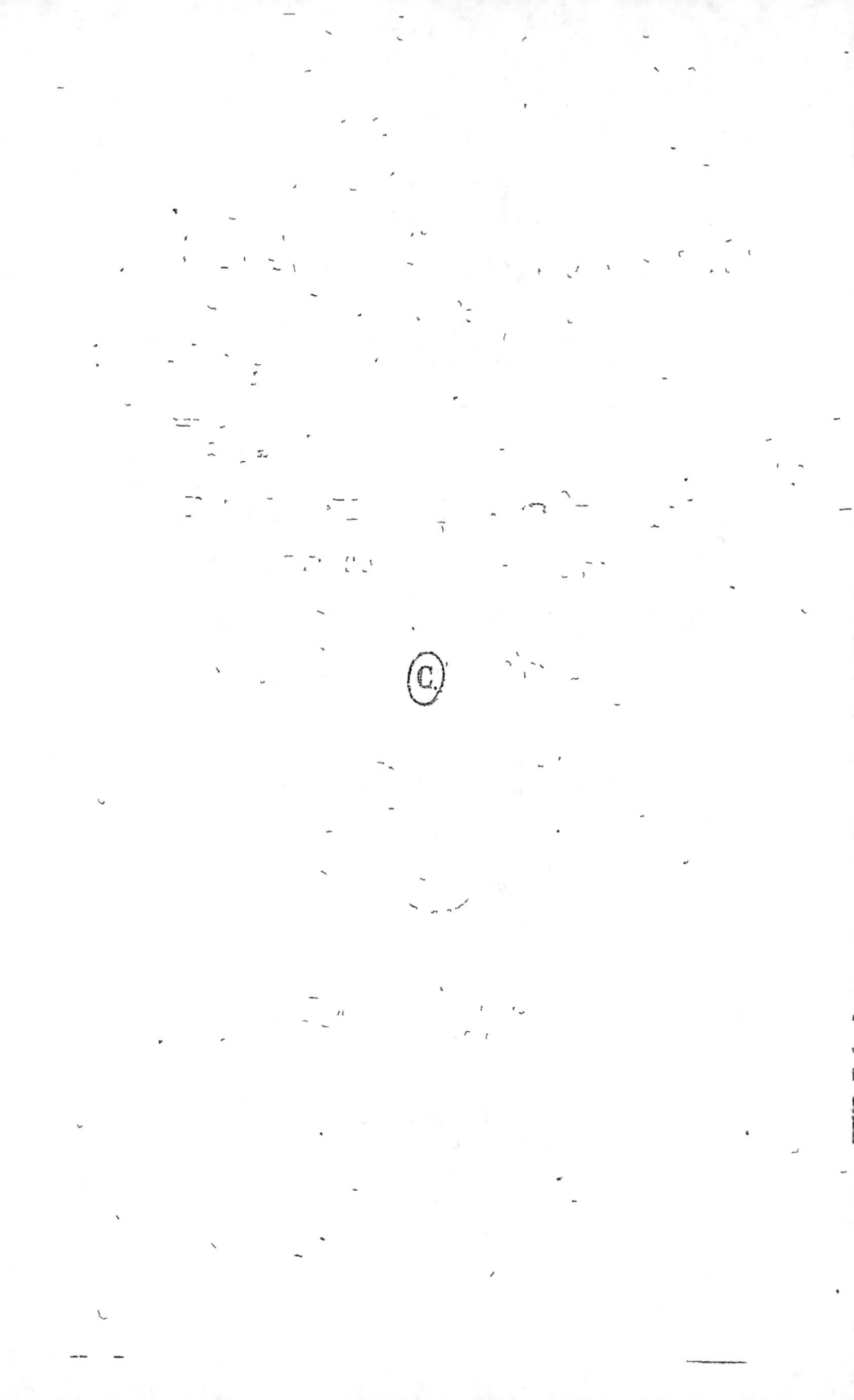

A SA MAJESTÉ

L'IMPÉRATRICE DES FRANÇAIS.

AUGUSTE IMPÉRATRICE,

Que Votre Majesté daigne agréer les deux œuvres poétiques que je lui présente humblement mais avec une confiance toute filiale, car l'Épître et l'Ode qu'elles contiennent, et qui toutes les deux sont sorties de mon cœur, vous offrent le fidèle portrait de celui que la divine Providence vous a donné pour époux et pour ami, après l'avoir donné pour sauveur et pour père à la plus grande de toutes les nations, afin que, par cet hymen bienheureux, vous devinssiez aussi, auguste Impératrice, la tendre mère, la mère mille fois aimée de cette belle nation française que l'on pourrait appeler la lumière de toutes les autres.

Contemplez donc, ô noble Impératrice, les traits de celui dont vous faites le bonheur et dont vous êtes le charme et le repos au milieu des mille sollicitudes impériales que lui cause cette antique France, à la félicité et à la gloire de laquelle il travaille jour et nuit avec un dévoûment sublime!

Recevez donc, auguste et bonne Mère des Français, le glorieux portrait du meilleur des pères, peint par un fils reconnaissant! et souffrez, auguste Impératrice, qu'il essaie aussi de tracer les principaux traits du vôtre, pour que nous puissions tous contempler votre chère image à côté de celle de votre époux adoré et de notre père bien aimé.

Le ciel aime l'Empereur, et, par une candide étoile il l'a conduit vers vous, auguste Impératrice... l'Empereur règne par son génie, et vous par votre bonté! ses grâces en passant par vos mains acquièrent encore un nouveau prix! vous êtes la couronne de ses œuvres! votre piété est une bénédiction permanente dans son Palais, et votre maternelle charité est comme l'une des bases de son trône immortel ! vous prévenez ses intentions généreuses, et à tous ceux qui pleurent, il dit : « Allez dans les bras de votre mère. »

Mais pourrai-je rendre cette expression divine dont vos traits déjà si beaux sont encore embellis ! il me faudrait les pinceaux de Van-Dick pour faire rayonner dans votre auguste image ce je ne sais quoi de céleste que l'on admire en Votre Majesté, et qui vient de l'amour que vous avez pour les beaux arts, ô noble Impératrice, et surtout pour la poésie.

Oui, vous aimez la suave harmonie des vers, dont votre nom si doux, votre nom d'une grâce infinie, est le vivant symbole en vous; beau nom, que par une inspiration secrète, la nature et le ciel, qui s'entendent si bien, quand ils veulent donner à celui qu'ils aiment une compagne accomplie, vous choisirent à votre baptême! Eugénie! Eugénie! c'est le beau, c'est le vrai, c'est la poésie, c'est le langage du ciel, c'est celui que parle notre âme pour être mieux entendue de la Divinité.

Napoléon! c'est la puissance, c'est la bonté, c'est la foi, c'est la clémence, c'est le pardon, c'est le génie ; mais beauté, douceur, bienfaisance, religion et poésie, c'est Eugénie.

Aussi les nobles Poètes de la France vous prendront pour leur céleste Muse, auguste Impératrice; vous les inspirerez, car ils trouveront tout en vous : bonté, beauté, poésie, foi, grâces, vertus, enfin harmonie. Ils auront tout en vous, ô bienheureuse Eugénie! et, comme vous serez aussi leur puissante protectrice, Votre Majesté daignera leur distribuer elle-même les couronnes immortelles qu'elle leur aura fait mériter.

Auguste Impératrice, noble Eugénie, vivez donc pour le bonheur de l'Empereur, notre père bien-aimé, et pour la félicité de ses enfants !

J'ai l'honneur d'être, avec le plus profond respect,

Auguste Impératrice,

De Votre Majesté,

Le très-humble, très-obéissant et très-fidèle serviteur,

Théophile BARIL.

ÉPITRE

A SON ALTESSE IMPÉRIALE

LE PRINCE LOUIS-NAPOLÉON,

SUR SON PASSAGE A ROCHEFORT,

Les 11 et 12 octobre 1852.

> Quand une grande nation périclite, Dieu lui députe un
> grand homme pour la sauver

Prince, dans le lointain une vapeur immonde,
Grondait d'éclairs chargée et menaçait le monde !
L'espérance en nos cœurs semblait s'évanouir,
Et chaque citoyen craignait pour l'avenir...
Quelle main déchirant cet effrayant nuage,
Nous rendra la lumière en dissipant l'orage ?
Tout-à-coup on entend retentir ton grand nom,
Et l'orage s'enfuit devant Napoléon...
On crut que le vainqueur des vieilles pyramides,
Avec ses vétérans, sortant des Invalides,
Avait encor jeté ces foudroyants regards
Qui, plus que les canons, renversaient les remparts !
Non, non, ce n'était plus l'aigle de la victoire,
C'était son héritier, l'héritier de sa gloire !
On dit que l'Empereur, voyant comblé son vœu,
Du fond de son cercueil, applaudit son neveu !

L'étoile de l'empire encor notre espérance,
Dirige dans son cours le vaisseau de la France...
Prince, nous jouissons de la sérénité :
Sous ton ombre on s'endort avec sécurité.
Semblable à l'Empereur, ton ferme et beau génie,
De la chose publique a refait l'harmonie ;
Sous tes pas créateurs, tu sèmes chaque jour
De nouveaux monuments de sagesse et d'amour !
De l'empire atteignant les plus superbes cîmes,
Tu dotes les Français de mille lois sublimes ;
Tout ce qui peut du culte agrandir la splendeur,
Tout ce qui peut du peuple accroître le bonheur,
Tout ce qui peut combler notre vaste espérance,
Tout ce qui peut enfin glorifier la France,
Rejaillit de ton cœur aussi rapidement
Que l'étoile surgit du fond du firmament !
De ton oncle, qui fit tant d'admirables choses,
Tu suis, comme un géant, les traces grandioses.
Si jadis il rouvrit les temples de Jésus,
Fleuves mystérieux de toutes les vertus,
Toi, mû du même esprit et d'un bras aussi ferme,
Tu domptes le méchant qui veut qu'on les referme !
Tu fais revivre, ô Prince ! un glorieux passé :
Le cœur de l'Empereur dans ton cœur est passé :
Toute l'Europe croit (tant elle est étonnée)
Qu'à l'*Homme du destin* la vie est redonnée...
Tu le prends pour modèle, il t'inspire si bien,
Que ton gouvernement semble être encor le sien !
A ses œuvres tu sais, ô Président illustre,
Tu sais divinement donner un nouveau lustre ;
Tu veux que ton pays, au-dehors respecté,
Cueille au-dedans les fruits de la prospérité.
Aussi chaque cité, dans sa reconnaissance,
T'appelle et veut jouir de ta douce présence ;

Et tu te rends aux vœux des populations,
Et tu viens recueillir leurs bénédictions...
Déjà l'arc-de-triomphe, imposant interprête,
Majestueusement au-dessus de ta tête,
Se courbe, et fait flotter nos trois saintes couleurs
A travers les reflets des guirlandes de fleurs.
Du peuple les grands flots, te portent sur ta route,
Et le canon, des cieux semble ébranler la voûte
Où les échos émus de l'heureuse cité
En prolongent la voix jusqu'en l'éternité...
Et la religion des hauteurs infinies,
Regarde et veut prêter ses saintes harmonies :
Dans le sonore espace et les champs de l'azur
Où s'incline d'amour le soleil le plus pur,
Prenant leur vaste essor, les cloches éperdues,
Comme un concert des cieux dans les airs répandues,
Mêlent leurs chastes voix à nos terrestres voix,
Imposant *Te Deum*, montant au Roi des rois,
Pour annoncer à tous que le Prince s'avance
Salué du doux nom de sauveur de France !

Tu parais au milieu des applaudissements,
Unis aux doux accords de tous les instruments.
Des vierges vont t'offrir des lauriers et des roses,
Exprimant de nos cœurs les plus suaves choses !
Alors l'enthousiasme, inspiré par les cieux,
Car la voix d'un grand peuple est l'organe des dieux,
Emeut profondément l'océan populaire
D'où s'élèvent soudain, roulant comme un tonnerre,
Les grandioses cris de *Vive l'Empereur*,
Tandis que souriant comme un triomphateur,
Tu t'avances les yeux baignés de douces larmes
Sur ton char où d'un Dieu tu possèdes les charmes !

L'aigle de Sainte-Hélène a brisé son cercueil,

L'Éternel l'a vengée, et sur les mers en deuil,
Où pâle, il était mort, le soleil de l'Empire
Vers qui la France entière et se tourne et soupire,
S'élance et monte au ciel; d'où ses brillans rayons
Vont retomber sur nous en bénédictions !
La victime est vengée, et son auguste trône
Renaît de ses débris... et sa sainte couronne
Qu'avaient foulée aux pieds l'infâme trahison
Et les Anglais bourreaux du grand Napoléon,
Se retrouve au milieu de la cendre royale,
Sans tache, pour orner la tête impériale
Du neveu de celui que l'ennemi vainqueur
Croyait, (il se trompait !) croyait sans successeur !
La suprême justice est long-temps à se faire,
Mais, quand elle se fait, elle étonne la terre...
Le Seigneur souffre tout, il a l'éternité,
Mais enfin il éclate avec sublimité !

Louis-Napoléon, doux Sauveur de la France,
Tu réalises donc l'amoureuse espérance
De tout ce peuple ici pour te voir accouru ;
Il te voit, te revoit, sans t'avoir assez vu...
En tes yeux, du génie il distingue la flamme,
Et ton souris d'amour épanouit son âme !

Triomphe donc, grand Prince, au sein de Rochefort,
Qui croit en te voyant que l'aigle n'est pas mort.
Cette amour qu'il avait pour l'aigle impériale
Il reporte sur toi cette amour filiale,...
Ah ! L'Empereur aimait notre jeune cité,
Qui t'ouvre comme à lui son cœur tout dilaté...
L'Empereur l'appelait *sa douce bonbonnière*,
Il l'aimait d'une amour toute particulière !
Ah ! L'Empereur ici fit son dernier adieu
Pour aller sur la mer expirer comme un Dieu.

Je le vois impassible au milieu des alarmes...
Malgré nous le Héros se dérobe à nos larmes !
Nous voulons le cacher aux-poursuites du sort,
Lui, du martyre il veut la glorieuse mort !

Oh ! ce grand souvenir nous lie à ta personne !
Oh ! nos cœurs réunis te tressent la couronne,
Que les évènemens ne peuvent point ternir :
La couronne d'amour brille dans l'avenir !
Va, le Dieu de la paix protége tes années,
Préside de la France aux belles destinées !
Et la Religion, et les arts immortels,
Verront, d'adorateurs entourés leurs autels...
Oh ! puisse donc toujours la bonne Providence,
Être ta conseillère et protéger la France !·

Mais, déjà tu t'en vas et laisses Rochefort,
Sur qui tu peux compter, à la vie, à la mort...
Tu ne t'en vas pas seul, Président magnanime,
Car son cœur t'accompagne en son élan sublime ;
Il te donne son cœur avec un tendre amour,
Toi, laisse-lui le tien, ô bon Prince, en retour !

Rochefort, 11 et 12 octobre, 1852.

ODE

A SA MAJESTÉ

L'EMPEREUR DES FRANÇAIS,

SUR SON AVÈNEMENT A L'EMPIRE.

Il était écrit là-haut que la glorieuse famille des Bonaparte
devait sauver deux fois la France !

I.

Quand la nuit jette son grand voile,
Tout émaillé de diamans,
Quelle est cette nouvelle étoile
Qui domine les firmamens ?
Aussi douce que l'espérance,
Elle s'incline sur la France
Comme une bénédiction :
Ah ! ce soleil darde sa flamme
Sur Napoléon, que proclame
L'universelle élection !...

LES BARDES GAULOIS.

Poètes, ceignons-nous de l'immortelle écharpe,
Que le vent d'Austerlitz agitait dans les cieux ;
Détachons, détachons notre divine harpe,
Suspendue aux rameaux du chêne harmonieux.

Pouvons-nous résister à ces cris unanimes,
Saluant l'Empereur ? Non , non , Bardes sacrés ,
L'enthousiasme heureux des prophètes sublimes
    Plonge sur nos fronts inspirés !

II.

Au milieu des roches cruelles
De l'île, perfide au malheur ,
L'aigle, enveloppé dans ses ailes,
Pleurait la mort de l'Empereur,
Quand un écho de la tempête,
A travers l'écume lui jette
Le nom qu'il aime , le grand nom,
Et rajeuni, l'aigle s'élance,
De sainte-Hélène sur la France,
Pour saluer Napoléon !

Sur ton trône d'amour, l'aigle de Bonaparte
Veille, et de ton génie est l'image à nos yeux !
Napoléon, jamais que cet aigle ne parte...
Que des Français il soit le soleil radieux ;
Sept millions de voix, te portent à l'Empire !
Dieu le veut et la France assemblée a dit : oui...
Sept millions de cœur, dont tout l'amour soupire,
    Vers ton cœur, où l'espoir nous luit !

III.

Ah ! déjà de l'Église immense,
Qui t'appelle son défenseur,
Le Chef, dont la reconnaissance
Te porte au fond de son grand cœur,
Laissant pour toi Rome éternelle,
Vient dans notre France immortelle,
Au nom de la Divinité,

Pour consacrer de ta couronne,
Qu'un grand Peuple a jamais te donne,
La sainte légitimité!

Il ne manque plus rien, à l'Empereur Auguste:
Le Peuple le nomma, l'Éternel l'a sacré...
Ah! règne donc sur nous c'est divin et c'est juste!
Ah! règne donc sur nous de la France adoré...
D'un cataclysme affreux, le Peuple était victime,
Le vaisseau s'engouffrait dans les flots irrités:
Tu prends le gouvernail, nous franchissons l'abîme
　　　Où nous étions précipités!

　　Quand lion l'océan se jette
　　Sur ses bords pour tout engloutir,
　　Perdu dans la sombre tempête,
　　Le vaisseau ne peut plus tenir...
　　Mais, parmi le vaste équipage,
　　Il est un homme calme et sage,
　　Qui veut les sauver de la mort...
　　Il s'avance, il se met à l'œuvre,
　　Et, par sa divine manœuvre,
　　Fait rentrer le navire au port...

IV.

Désormais, sous un ciel dont toutes les étoiles
Brillent phares divins avec sérénité,
Le vaisseau de la France ouvre ses grandes voiles,
Et sur les flots des mers glisse avec majesté!
Nous entrons triomphans dans une ère nouvelle,
Et le front couronné de calme et de bonheur!
La patrie est heureuse et tout se renouvelle
　　　Sous le soleil de l'Empereur:

　　Ainsi, quand sublime et féconde,
　　Du fameux vainqueur d'Austerlitz

L'épée illuminait le monde,
Ressuscita notre pays :
Voilà des conquêtes divines,
L'autel renaît de ses ruines,
Et, comme un océan fécond,
La prospérité nous arrose !
Ah ! quel monument grandiose,
C'est le Code-Napoléon !

Des beaux-arts les vierges chéries
Avec leurs baumes et leurs fleurs,
De la plus belle des patries
Reviennent essuyer les pleurs !
Les Virgiles de l'espérance
Attachent au front de la France,
L'immortel laurier des beaux vers,
Et, sous la gloire impériale,
Paris devient la capitale
Et le centre de l'univers !

Sous ton sceptre, qu'illustre un colossal génie,
Du travail vont jaillir mille sources de miel,
Et la Religion, cette gloire infinie,
Appellera sur nous, la douce paix du ciel !
O cher Élu du peuple et de la Providence !
Dont l'amour maternel inonde les Français,
Après avoir sauvé divinement la France,
    Ouvre l'empire de la paix ;

Fille des cieux, la Poésie
A ta voix descend parmi nous,
Pour répandre, avec l'ambroisie,
Tout ce qu'on rêve de plus doux ;
Et ces majestés infinies,
Et ces champêtres harmonies

Qui par leur prestige enchanteur
Font aimer la belle nature,
Afin que, par la créature
L'homme retourne au Créateur !

Plus de troubles et plus de crimes,
Plus de craquements parmi nous,
La faim ne fait plus de victimes,
L'Empereur est l'ami de tous :
Sur le pivot de sa puissance,
Les lois gravitent en cadence,
Comme les mondes étoilés...
Dans la justice tout s'enchaîne,
Et son trône est comme un grand chêne,
Couvrant ses peuples consolés !

Ah ! sur notre France enchantée
Va recommencer l'âge d'or !
Aristée, antique Aristée,
Viens-tu nous visiter encor ?
O blanche foi, foi de nos pères,
De tous les peuples fais des frères,
Ralliés par la charité ;
Et remplissant notre calice,
Dans le fleuve de la justice,
Nous boirons la félicité !

Tel notre globe dans l'espace,
Autour du soleil éperdu,
Tourne encor avec plus de grâce
Quand le printemps nous est rendu,
On entre dans un nouveau monde,
La verdure en fleurs nous inonde,
Des champs, des bois, c'est l'âge d'or..
Le soir, l'étoile nous caresse,
Chacun retrouve sa jeunesse
Et le cœur refleurit encor.

V.

Coryphée du Génie de la France et chœur des Français,

LE GÉNIE DE LA FRANCE.

Dans le livre ouvert aux seuls anges,
A travers l'océan où flotte l'avenir,
    Je lisais ces verbes étranges :
    « Napoléon va revenir ! »
    Et puis, quand la foudre en furie,
Prolongeait sous les cieux ses longs rugissements
    Et jusque dans ses fondements,
    Semblait ébranler la patrie
Dont l'écho répétait les sourds gémissements ;
Soudain, des flancs obscurs de l'effrayant nuage,
Un magique reflet jaillit sur notre front..
C'était l'homme prédit, le sauveur et le sage,
    Le bien-aimé Napoléon !

LES FRANÇAIS.

Oui, c'est la sainte planche après le grand naufrage,
    Embrassons-la sur notre cœur :
Napoléon nous pousse au plus heureux rivage,
Et calmes nous entrons dans le port du bonheur..
Mais, si sur nous venait fondre un nouvel orage,
    Français, mourons pour l'Empereur !

LE GÉNIE DE LA FRANCE.

    Console-toi, belle Lutèce,
Dont j'éloignai du ciel le tonnerre vengeur,
    Reprends tes habits d'allégresse,
    Et tombe aux pieds du Créateur !
    Incline ton auguste tête,
Et chante du salut le *Te Deum* d'amour,

Qui, jusqu'au céleste séjour,
Comme un brûlant baiser se jette,
Redit par les échos des mondes tour à tour.
Non tu ne verras plus la discorde infernale
Allumer dans ton sein les flammes du canon !
Fais encor des chefs-d'œuvre, illustre capitale,
Soûs l'aile de Napoléon !

LES FRANÇAIS.

Oui, c'est la sainte planche après le grand naufrage,
Embrassons-la sur notre cœur:
Napoléon nous pousse au plus heureux rivage
Et calmes, nous entrons dans le port du bonheur..
Mais si sur nous venait fondre un nouvel orage,
Français mourons pour l'Empereur!

LE GÉNIE DE LA FRANCE

Mais, souviens-toi, sublime France,
Que l'aigle impérial est ton dernier sauveur,
Qu'il est ta dernière espérance
Et le dernier don du Seigneur !
Au-dessus de ta capitale
S'il cesse de flotter, Dieu ! quel écroulement...
Dans les palais du firmament
On entendra l'heure fatale
Tinter du vieux Paris le vaste embrâsement:
Et le ciel sera sourd aux cris de ma prière;
Paris, tes monumens si beaux s'engouffreront ;
Il n'en restera pas même une seule pierre
Hélas ! pour y graver ton nom...

LES FRANÇAIS.

L'aigle est la sainte planche apres le grand naufrage,
Embrassons-la sur notre cœur;

Napoléon nous pousse au plus heureux rivage,
Et calmes nous entrons dans le port du bonheur !
Mais, si sur nous venait fondre un nouvel orage,
 Français mourons pour l'Empereur.

VI.

Dernier chant de l'inspiration des Bardes.

LES BARDES-GAULOIS.

« Ravissantes béatitudes,
 De l'enthousiasme enflammé,
Ah ! vous avez été, dans notre cœur charmé,
Comme l'embrassement d'un ami bien-aimé !
Aujourd'hui, surmontant nos chastes habitudes,
Pour proclamer l'Élu d'un grand peuple géant,
Vous nous aviez conduits, loin de nos solitudes
 Et des bords du vaste océan !

  Sous les pins noirs de dune en dune,
  Bardes, marchons ! la voûte brune
  Déjà laisse entrevoir la lune
  Qui vient, quand le soleil s'enva
  Tracer sur le mouvant abîme,
  Le nom doux, terrible et sublime
  Comme la foudre : Jéhovah...

    Sur son rivage
    La mer sauvage
    Roule avec bruit,
    Comme l'orage
    Dont l'éclair luit,
    Fend avec rage
    Du noir nuage
    La sombre nuit...
    Heureux poëtes,

Divins prophètes,
Vrais interprètes
Des vastes cieux,
Sous le vieux chêne
Harmonieux
Où nous enchaîne
L'ombre incertaine
De nos aïeux,
Jusqu'à l'aurore
Reposons-nous,
Laissant encore
Le luth sonore
Vibrer si doux,
Quand sur la branche
Que le vent penche,
Il est bercé,
Et que d'une âme,
La tiède flamme
L'a caressé.
Mais quand l'étoile
De l'Empereur
Luira sans voile
Avec candeur,
Ceignons l'écharpe
Du Roi des rois,
Prenons la harpe
Aux grandes voix ;
Et qu'à l'aurore,
De mont en mont,
L'écho sonore
Redise encore:
Napoléon... »

Saint-Martin de l'île de Ré, 2 Décembre 1852.

www.ingramcontent.com/pod-product-compliance
Lightning Source LLC
Chambersburg PA
CBHW061521170626
46811CB00004B/1785